Jack die Ripper

Erika Sanders

1

Opsomming

Tamara het nie geweet nie en sal nooit weet wat daarna gebeur het nie.

Al wat sy sou onthou was die skielike, verblindende silwerflits in die lig, 'n brandende sensasie oor haar keel en haar kop wat deur die hare opgeruk word.

En skielik was dit onmoontlik om asem te haal.

Sy het gesukkel, probeer om sy greep los te maak, maar het gevind dat haar arms soos loodgewigte voel en dat haar fokus vervaag ...

Nota oor die skrywer:

Erika Sanders is 'n internasionaal bekende skrywer, vertaal in meer as twintig tale, wat haar mees erotiese geskrifte, weg van haar gewone prosa, met haar nooiensvan onderteken.

Indeks:

JACK DIE RIPPER
ERIKA SANDERS

11

HOOFSTUK I

Tamara lê stil onder die man en maak haar oë toe teen die gesig van sy verdraaide en lelike gesig, maar hou haar bene so wyd as moontlik gespreid. Sy kon nie kla nie; hy was immers skoon en het onlangs gebad so sy reuk was nie die probleem nie. Dit was sy maag. Sy moes nooit besluit het om 'n vet man bed toe te neem nie, maar $400 dollar was te veel om verby te laat. $400 dollar, kaalrug. Sy ingewande het in haar buik gedruk en sy het dit amper onmoontlik gevind om 'n volle, diep asem te haal. Behalwe dit, het sy skaamhaar haar klit rou gevryf en dit het pynlik geword.

Uiteindelik het hy versnel, haar gestamp asof sy lewe daarvan afhang en haar reeds seer gat gestamp totdat hy klaarkom. Hy ruk met elke ejakulasie opwaarts, laat haar dink aan 'n walvis wat uit die water spring en vier nat spuite later het hy van haar afgerol, albei snak na hul asem.

Hy het sy gesig afgevee en na haar gekyk. "Jy was goed."

"Uh, dankie." Sy gaan sit regop en klop sy deinsende middel. "Gee jy om as ek jou badkamer gebruik?"

"Glad nie. Maak dit net vinnig. My vrou sal enige oomblik terug wees."

Tamara staan en druk haar bene styf saam om te keer dat sy waterige sperm uitgly. Sy het daarin geslaag om die meeste daarvan in te hou totdat sy op die toilet kon sit en haar spiere gebruik om dit uit te druk. Sy het 'n paar lappies toiletpapier gebruik om die gemors skoon te maak, aan die binnekant van haar bene gevee en die kant bo-op haar kousbande en -kouse probeer droogmaak. Nie sleg nie, dink sy. Sy het die toilet gespoel en is terug in die hotelkamer, en wonder of sy enige douche in haar kamer het. Sal dalk bietjie moet kry op pad huis toe.

"Sal jy môre op Essex wees?"

"Ek weet nie. Dalk." Tamara steek haar hand uit en gee hom haar soetste glimlag toe hy vier honderd dollar se rekeninge op haar palm sit. "Wil jy nog 'n afspraak hê?"

"Ja. Moenie te veel hoere kry wat dit sonder 'n rubber doen nie."

Hoer. Sy het die woord gehaat, maar dit het beskryf wat sy was. Sy sug en plak die vals glimlag terug op. "Wel, kom soek my as jy gereed is."

Die sagte klap van die deur wat agter haar toemaak, was vertroostend en Tamara stap so vinnig moontlik na die hysbak. Sy het verby 'n ouer paartjie gery wat haar 'n gemene kyk gegee het en sy het onbewustelik aan die hoë soom van haar geplooide romp getrek, wetende dat dit nie die babapopkouse en pienk kousbande gaan bedek nie. Die hysbak het gekom en haar uit hul ellende gehaal en binne minute was sy weer terug op straat en asem die vars lug van New York Stad in.

Tamara het vir byna vier jaar in NYC gewoon en het amper ewe lank geprostitueer. 'n Toevallige ontmoeting in 'n busterminaal toe sy weggehardloop het, het haar met Torrance verbind. Hy was altyd op die uitkyk vir vars vleis en haar sestienjarige lyfie het perfek by sy rekening gepas. 'n Ander meisie, Julieta, het haar geleer hoe om die speletjie te speel en Tamara het in 'n japtrap geld gemaak, waarvan die meeste deur Torrance geëis is. Toe hy deur 'n vies meth-handelaar doodgeskiet is, het sy na Sellers gewend, nog 'n pimp wat 'n beter stal gehou het. Sy het beter geld met hom gemaak, maar hy het van al sy meisies vereis om kliënte kaalrug te ry. Aanvanklik het sy gebuk gegaan, gratis mondelings gegee en kondome aan die kant gebruik, maar een van die johns het gekla en 'n erge pak slae het haar van plan verander om hom weer oor te steek.

Sy het na Essex gegaan en besluit om die stegie terug te neem na Sellers se woonstel. Haar voete was besig om haar dood te maak en sy was vies dat Julieta haar ou swart fok-my-pompies gevat het sonder om te vra. Fokken poes! Sy sal 'n beter slot op haar deur moet laat sit. Verkopers sal waarskynlik vir haar sorg.

'n Skaduwee het van 'n deuropening losgemaak en sy het in die middel van die stap gevries.

"Goeienaand." Die stem was laag en gekultiveerd met 'n Engelse aksent soos David Bowie. "Is jy vry vanaand?"

"Ek is nie vry nie, maar ek kan gekoop word."

Hy het in die lig gekom en sy het geglimlag en elkeen wat bo was, bedank dat hy lank, rank en aantreklik was.

"Hoeveel?"

"Hang af wat jy wil hê."

"Ek wil hê jy moet my piel suig en my kom sluk."

"Geen rubber?"

"Geen rubber. Wat is die koste?"

"$300." Hy het vir haar beduie om hom te volg en hulle het teruggegaan in dieselfde dofverligte alkoof waaruit hy gekom het. Hy het dadelik begin om sy broek oop te rits. "Geld eerste, professor."

Nadat hy die geld gevurk het en sy dit nagegaan en in haar beursie weggesteek het, het sy op die vuil grond gekniel en gewag terwyl hy sy broek oopmaak. Sy piel het uitgespring, dik en hard en sy het 'n geluid van waardering gemaak toe sy daarna uitreik.

"Lekker haan. Seker jy wil nie naai nie?"

"Ja. Ek is seker."

Tamara het nie geweet nie en sal nooit weet wat daarna gebeur het nie. Al wat sy sou onthou was die skielike, verblindende silwerflits in die lig, 'n brandende sensasie oor haar keel en haar kop wat deur die hare opgeruk word. Sy haan het uit die oog verdwyn en skielik was dit onmoontlik om asem te haal. Sy het gesukkel, probeer om sy greep los te maak, maar het gevind dat haar arms soos loodgewigte voel en dat haar fokus vervaag.

Hy het net geglimlag en met haar hare haar kop opgelig totdat sy piel besig was om die breë snit wat hy in haar nek gemaak het, te borsel. Haar warm, spuitende bloed bedek sy stok, wat die ingang glad en fluweelagtig maak. Perfek. Eenvoudig perfek. Hy stamp weer en weer, sy lyf bewe terwyl sy gorrel en sukkel en hy skiet sy vrag af, net toe sy haar laaste asem uitblaas.

Perfek. Hy het haar eenkant toe gegooi soos die vullis wat sy was en sy broek rits toegemaak, en geniet die gevoel van haar viskose bloed wat deur sy skaamhare stroom en op sy testikels droog word. Eenvoudig perfek.

HOOFSTUK II

Hoofspeurder Clarice Burton het haar ongemerkte motor by die rand van die geel polisielint geparkeer en haar skild uitgetrek en dit in die sak van haar baadjie gesteek. Die opnamebeampte het haar amptelike status opgemerk en haar laat verbygaan, terwyl sy kyk hoe haar ronde gat wegtrek terwyl sy op pad is na die knoop mans met donker klere, van wie die meeste weggekyk het toe sy naderkom. Dit was 2004 en die hegte wêreld van New York se beste speurders het steeds vroue verstoot. Sy is as 'n minderwaardige wese beskou, hoewel sy die hoogste oplossingsyfer in die stad gehad het.

Tog het Clarice Burton nie naby die dood deur die hande van 'n beledigende man oorleef om 'n paar mans met klein pieltjies haar te laat rondstoot nie. Haar maat, Tony Acosta, het haar 'n respekvolle knik gegee, sy hande in sy sakke gedruk en ontsteld gelyk.

"Hallo, seuns." Mario Andreotti en John Stevens prewel groet en kyk hoe sy deur hul sirkel stap en na die lakenbedekte liggaam op pad is. Sy het die bedekking teruggetrek en die jong vrou ondersoek en die diep sny in haar nek en die hoeveelheid bloed wat haar lewelose liggaam omring, opgemerk. "So wat het ons hier?"

Die mans het blikke gewissel en Acosta het die kring verlaat en op sy hurke langs haar gekniel terwyl hy sy notaboek uitgehaal het. "Haar naam is Tamara Williams, ouderdom 20. Sy is 'n prostituut wat uit Jamie Sellers se webwerf kom. Sy is gevind deur Patrick Miller, die vullisman wat daar oorkant staan."

"Enige getuies?"

"Niemand."

"Mis sy iets?"

"Nie wat ons kan bepaal nie. Haar beursie is daar. Sy het $700 in kontant, naellêer, telefoonbewyskaart en 'n bottel helder naellak gehad."

"Geen kondome nie?"

"Nope."

"Maak seker dat jy 'n nota maak om die lykskouer te sê om vir siektes soos MIV/VIGS te kyk. Sy lyk redelik gesond, maar as sy kaalbande toertjies doen, weet jy nooit."

"Reg. Daar is nog iets wat jy dalk wil sien." Acosta trek 'n handskoen aan, blaai die laken weer terug en gebruik die punt van 'n ou balpuntpen om die diep sny in die dooie vrou se keel oop te maak. "Sien jy dit?"

Burton het vorentoe geleun en gekonsentreer op 'n sop-wit mengsel wat bo-op die stollende bloed gedryf het soos die wit knop wat 'n mens gewoonlik in 'n eierwit vind. "Wat is dit?"

"Dit is sperm."

"Wat? Hoe weet jy?"

"Ek is nie seker nie, maar dit is wat ek dink." Hy skuif die rand van die pen af en wys vir Burton 'n blink wit lyn aan die binnekant van die vel. "Ek dink hy het haar keel gesny en die wond genaai terwyl sy besig was om te sterf."

"Ugh!" Sy staan en buig haar seer beenspiere terwyl sy sy woorde oordink. "Klink soos 'n super fokken pervert."

"Ek sal met jou moet saamstem, Clarence. Wel, wat is volgende?"

"Kry wat jy kan by die vullisman en hou toesig oor haar tel op. Sê vir forensiese dat ek dadelik wil weet wat daardie stof in haar keel is en as dit saad is, laat hom dit stuur vir tik. Ons kan gelukkig wees en vind iemand in die databasis."

"Goed. Wat gaan jy doen?"

"Praat met Jamie Sellers. Miskien kan ek uitvind wie haar laaste kliënt was."

"Ek dink nie dit was 'n kliënt nie, Clarence. Ek dink wie ook al die ou was, hy was vryskut."

"Ek sal moet saamstem, maar dit maak nie seer om te probeer nie."

Burton het haar maat aan sy departementsvriende oorgelaat en haar verdagte oog oor die mense gegooi wat bymekaargekom het om die dooie liggaam te sien. Dit was welbekend dat die dader soms na die toneel van die misdaad sou terugkeer om dit te herleef of om te verlustig in die onbeholpenheid van die polisie. Die vullisman was blykbaar nie bekommerd dat hy 'n dooie liggaam ontdek het nie en was gelukkig besig om te kettingrook en op 'n selfoon te praat. Die enigste persoon wat haar oog gevang het, was 'n priester wat aan die rand van die skare gestaan het, sy lippe beweeg terwyl hy 'n stille gebed oor die liggaam sê.

"Bly iemand gee haar 'n seën." Sy prewel by haarself toe sy terug is na haar motor. "Ons het almal een nodig."

Volgende stop: Die Sentrale.

***

Hy het 'n bier uit die yskas gekry en in sy gunstelingstoel gaan sit en die leunstoel agteroor laat sak terwyl hy die afstandbeheerder in werking stel. Die televisie het aangekom en 'n meubelwinkel-advertensie het klaar gespeel net voor die Aandnuus begin het.

"Ons top storie, 'n vrou is byna onthoof gevind in 'n stegie aan die Lower East Side." Die ankervrou het gesê. "Kom ons gaan lewe saam met ons verslaggewer op die toneel." Op hierdie stadium het hy vorentoe geleun, sy belangstelling geprikkel. Soos die verslaggewer die misdaad beskryf het, het hy die gesigte van die mense op die toneel ondersoek. Hy was mal oor die vreesaanjaende en soms leë uitdrukkings op die omstanders se gesigte. Sy piel het hard geword in sy broek en hy het sy pajama-broekie oopgeknoop en dit 'n lang, harde slag gegee.

"Die hoofspeurder in hierdie saak, speurder Clarice Burton, het dit oor die moord te sê gehad." Hy het die lomp polisiebeampte ondersoek en sy haan het nog harder geword. Hoe lieflik was sy nie! Al daardie rooi-goue hare, blou oë, groot tiete ... god, hoe sou hy graag sy piel tussen daardie skoonhede wou opstoot en sy vrag op haar ken spoeg. Hy het homself nog 'n harde hou gegee, met die moeite gespanne. Sy het voortgegaan om oor sommige van die besonderhede van die misdaad te praat en sy aandag is op haar mond getrek, wyd en weelderig, met die ligpienk wat jong meisies verkies het. Dit was meer as in staat om sy haan te suig. Hy kreun, vryf nou harder en gebruik die magie van video-opnemer om die onderhoud weer te bekyk sodat hy kan kyk hoe haar mond oor en oor beweeg.

'n Tinteling in die basis van sy ruggraat dui op sy vrylating en hy kom, sy semen stamp die lug in, spuit na spuit beland op die geborselde fluweel van die stoel en die bruin hoop van die mat daaronder. Hy snak na asem en aktiveer die afstandbeheerder weer en lê slap en herstel terwyl hy na die res van die onderhoud kyk. Hy was verbaas om te sien hoe die priester volgende onderhoude gevoer word, terwyl hy luister na sy welwillende woorde wat spreek van die kosbaarheid van die lewe en sy belofte om gebede vir die jong vrou te doen.

Fok God! Hy het gerook, homself weggesteek en sy bier geswaai. Daardie hoer het nie verdien om te lewe nie, het nie verdien om soet asem te trek nie. As die priester hoere wou hê om voor te bid, sou hy sy wens kry. Hy sou beslis sy wens kry.

HOOFSTUK III

Praat met Jamie Sellers was waardeloos. Burton het reeds geweet dat sy waarskynlik niks van hom sou kry nie, maar sy was vies dat die pimp nie Tamara se laaste kliënt vir ondervraging sou prysgee nie. Hy het geen werklike besorgdheid getoon oor die welsyn van die ander vroue wat vir hom gewerk het nie, wou net weet waar sy vermoor is sodat hy die res van die meisies uit die area kon hou uit vrees vir arrestasie.

Wat hom betref, was Tamara 'n lei wat skoongevee is, en het net gevra dat hy die geld in haar beursie gegee moet word. Natuurlik het Burton geweier en gesê dat die geld aan haar familie vrygestel sou word, indien moontlik en as geen familie gevind sou word nie, die Polisiebeampte Benevolent Association dit sou ontvang. Sellers was natuurlik nie gelukkig nie. Hy het die deur agter Burton toe geslaan en in sy asem geprewel oor die 'fokken varke wat nie meer donut-geld nodig het nie'.

Aangesien dit laat geword het, het sy besluit om die lêer te neem en huis toe te gaan, haar skoene uit te skop en ondertoe te gaan na haar kantoor. 'n Groot kurkbord het die meeste van die spasie in die klein kamertjie in beslag geneem en sy het die ligte aangeskakel en na die inhoud van die bord gekyk. Foto's, 8 X 10'e en ander lekkernye het omtrent elke duim van die oppervlak besaai, alles visuele voorstellings van jong vroue wat wreed in haar distrik vermoor is sedert sy 'n polisiebeampte geword het. Burton het die manila-vouer in haar hand oopgemaak en die foto van Tamara uitgehaal en dit in 'n leë spasie opgeplak.

Haar oë was getrek na 'n 4 X 8 van 'n pragtige dogtertjie met blonde hare en flikkerende blou oë. Sulke engele skoonheid is deur dieselfde soort hand wat daardie meisie vandag doodgemaak het, neergeslaan: 'n kwaai man wat na haar beskou het as 'n seksuele hulpmiddel en nie 'n mens nie. Tim het 'n sigaret gerook en die televisie gekyk toe Clarice

Angie se lyk in haar bedjie gekry het. Sy sal nooit die aanskoue van die bloed wat die binnekant van haar bene gestreel het en die pure onskuld in haar gesiglose oë vergeet nie.

Tim Burton was nou in die tronk en dien twee agtereenvolgende termyne van twintig jaar uit vir Angie se mishandeling en daaropvolgende dood, terwyl Clarice 'n lewenslange vonnis in haar tronk van skuld uitgedien het, haar ma se hart gevul met die skuld van mislukking. Sy sluk teen die knop in haar keel, lig een bewende hand op om aan die rafelrande van die foto te raak. Sy sal nooit aan die gekleurde deel van die foto raak nie; hierdie fototjie en 'n teddiebeer was al wat van haar dogter oorgebly het.

Burton ruk haar hand weg en draai haar oë op na Tamara. Sy was iemand se dogter. Iewers het sy 'n sagte, veilige bed gehad om in te slaap. Iewers het sy Kersfees en Paasfees gevier saam met mense wat vir haar omgee. Sy het nie die hardgebitte voorkoms gehad van 'n prostituut wat nog nooit sorg en besorgdheid gesien het nie. Iewers, een of ander tyd, het sy liefde ervaar.

"Hoekom nie nou nie? Wie was dit wat jy ontmoet het en nie vir jou liefde gewys het nie? Wie was dit wat jou in jou eie bloed laat sterf het? Vertel my, Tamara. Vertel my wie hy was."

***

"Ek wil nie gaan nie, Sellers, en julle kan my nie maak nie!" Julieta gil en draai om om weg te loop. Sy was uitgeput van die hele dag werk, haar voete was seer en sy wou nie hierdie laaste minuut werk doen wat op die hoek vir haar gewag het nie. Die beeld van Tamara se dooddowwe oë en haar gedraaide lyf was te vars in haar gedagtes.

Sellers se skroef-agtige greep op haar bisep sny die bloed van haar arm af en hy sis, sy tande wat in lyn is blink in die lig. "Ek kan jou enigiets laat doen wat ek wil." Hy het haar saamgedrom en so naby gestap dat sy gebewe het, ten spyte van die bravade wat sy probeer na vore het. "Moet jy herinner word?"

"Geen." Julieta het haarself gehaat toe sy die woord vinnig uitgespoeg het en hom laat weet het dat sy intimidasie werk. "Maar ek wil hê jy moet saam met my gaan."

"Ek gaan nie kyk hoe jou en 'n wit seun naai nie! Kom nou aan die gang." Hy gee haar 'n bietjie druk na die wagtende man. "En kry eers die geld!"

Julieta skud haar golwende hare uit, trek haar rok reg en stap na die man toe en probeer sexy lyk terwyl sy nie dink aan hoe erg haar voete seer het nie. "Hallo."

"Hallo." Sy stem was sag, amper asemrowend en hy kyk skaam weg. "Jy is baie mooi."

"Dankie. Hou jy van Latynse vroue?"

"Wees lief vir hulle." Weereens asemrowend, maar met 'n sweempie ... 'n aksent?

"So jy wil 'n afspraak hê?"

"Ja. Ek wil jou tiete naai."

"Soos hierdie, nè?" Julieta kyk rond om seker te maak dat niemand anders kyk nie en het een van haar borste 'n sensuele druk gegee. "Hulle is eg. Wil jy aan een raak?"

Hy het voorlopig sy hand uitgesteek en 'n aardbol bak, sy soet gewig opgetel en dit dan 'n druk gegee. "O, kak."

"Dubbel Ds." Julieta het trots voorsien. "$300 en hulle is joune."

"Sluk jy?"

"Voeg nog $200 by en ek sal elke bietjie drink wat jy moet gee."

"Klaar."

Giggelend lei sy hom na 'n plek agter die vullisdrom en hou haar hand uit, glimlaggend toe hy vyfhonderddollar-note in haar hand plaas. "Dankie." Met daardie bietjie besigheid uit die pad, trek sy haar bokant af, laat hom sy gesig teen hulle vryf voordat sy op haar knieë sak en uitasem wag om sy pik te sien. Hy rits sy broek oop en trek sy haan uit, slaan dit teen haar wange voordat hy dit tussen haar borste inskuif.

Julieta hou haar tiete bymekaar, buig haar kop af en suig die kop in haar mond by elke stoot.

Hy kreun, gryp haar skouers om homself te stewig en pomp vinniger. Dit gaan binnekort gebeur, hy het dit gevoel. Daardie bekende tinteling. Hy sis toe sy piel uitbars, druk dit in haar mond en druk dit so ver in haar mond as wat hy kan. Sy het eers verstik, toe sluk en sy heupe vasgegryp om nie 'n tweede keer te snoei nie. Toe hy uiteindelik ophou klaarkom, trek sy sy haan uit haar mond en ruk haar hemp terug in plek.

"Sien jou later."

Julieta het nie gesien hoe sy arm om haar keel lus is nie, maar sy het die knars van haar lugpyp gehoor toe dit plek gemaak het vir die sterkte van sy spier en been. En redelik gou het sy niks anders gehoor nie.

HOOFSTUK IV

Jim Blanch het dieselfde tyd van die skool af gekom as hy altyd. Sy ma het dit opgemerk terwyl sy hom welkom geheet het en na sy swaar voetvalle geluister het terwyl hy met die trappe opdraf. Sy glimlag. Jim was so 'n goeie seun; 'n uitkoms ná die omstrede egskeiding wat sy moes verduur. Hy sou vanjaar gradueer, was 'n reguit A-student en was mal daaroor om basketbal saam met sy vriende te speel. Die beste van alles, hy het sy kamer skoongemaak sonder om te vra en haar gehelp wanneer sy dit nodig gehad het.

Trouens, sy moes hom vra om 'n guns te doen. Hulle buurman, mnr. Greenwell, het 'n kattebak nodig gehad wat van sy solder afgehaal word en Lorna het Jim vrywillig vir die werk aangebied. Sy vee haar hande aan haar voorskoot af, draai haar hoenderrigatoni af en gaan na die onderkant van die trappe.

"Jim! Kan jy asseblief hierheen kom?"

Lorna het gewag, maar sy het nie die normale reaksie van hom ontvang nie. Miskien het hy sy deur toegemaak of na musiek geluister. Vandat sy daardie MP3-speler vir hom gekoop het, moes sy soms al met die trappe op na sy kamer gaan om sy aandag te trek. Sy sug en klim op die trappe. Sy sou dit weer moes doen en haar bunion het gekla.

"Verdomme! Jim!"

Sy het die trappe opgeklim, die beseerde voet bevoordeel en op die landing gerus terwyl sy van die pyn ruk. Sy het musiek gehoor. Sy het die groep goed geken; die afgelope tyd was hy versot op Franz Ferdinand en het hul nuwe album oor en oor gespeel. Onder die maat van tromme en geskree van kitare het sy iets anders gehoor. Iets sonder 'n ritme; iets wat nie by die musiek pas nie. Dit het geklink soos ... krakende bedvere.

"Jim?" Sy het nou nie so hard geroep nie. Jim was agtien en goed op pad om 'n man te word en sy het geweet dat hy af en toe in die stort masturbeer. Sy wou hom nie steur as dit die geval is nie, maar haar spesiale ma se sin het vir haar gesê iets is nie reg nie. "Jim, ek het nodig dat jy my 'n guns doen."

Sy het nader en nader gestap, die musiek het in volume gegroei en die klanke het toegeneem in snelheid en toonhoogte. Haar bewende hand bereik die deurknop en sy gryp dit vas en gee dit 'n maklike draai. "Jim?"

Die gesig wat haar oë ontmoet het, was een wat Lorna Blanch nooit sou vergeet nie. Haar seun se kamer was in sy gewone toestand van wanorde. Plakkate van Jennifer Garner en Jessica Alba is saam met halfnaakte anime-vroue teen die mure geplak. En haar seun was op die bed, naak. Sy sterk bene het oor iets gespan, sy heupe het gebuig en sy rugspiere kabbel. Lorna gee een klein treetjie sywaarts, haar oë rek. Onder haar seun se lyf was 'n paar perfekte borste en hy het hulle bymekaar gehou terwyl hy sy haan tussen hulle ingedruk het.

Lorna Blanch het geskree.

***

"Is jy ernstig?"

Burton en Acosta het die stasie se deure oopgestoot, na buite gegaan en met die trappe afgespring terwyl hulle na haar motor op pad is.

"Ek wens ek was. Sy het vyf minute gelede gebel en gesê dat haar seun 'n paar tiete naai en dit moet kom haal."

"Is ons seker hulle behoort aan Julieta Friars?"

"Nee, maar ek kan nie regtig aan iemand anders dink wat 'n paar tiete kort nie, kan jy?"

Daar was geen verdere gesprek nie totdat hulle by die bruinsteen aangekom het, gonsend vir toegang. Lorna Blanch was tussen woede en afsku en haar seun was klaarblyklik die las van albei.

"Mevrou Blanch? Ek is speurder Burton. Dit is speurder Acosta."

Die vrou het vinnig hande met hulle geskud, haar kwaai blik keer terug na die jong man wat probeer het om homself kleiner te maak in die stoel. "Ek het hom beter geleer as dit. Hy het beter geweet as om daardie vieslike ding in die huis in te bring."

Acosta het 'n vraag gewaag, versigtig om haar woede verder op te wek. "Mevrou Blanch, is jy seker hulle is ... eg?"

"O, hulle is werklik, goed." Sy klap kwaad en draai toe om vir haar seun te blaf. "Gaan wys hulle, Jim."

Die jong man het nie gepraat nie. Hy het hulle met die trappe na sy slaapkamer gelei en na sy bed gewys. 'n Perfekte stel borste het naby sy kussing gerus, netjies uitgekerf en afgewerk vir draagbaarheid, een tepel deurboor met 'n staaf wat 'n hangende by gehad het. Burton haal 'n stel handskoene uit haar sak en ondersoek die vleis versigtig.

"Hulle is hare."

"Hoe weet jy?"

Burton het die linkerbors opgelig en vir hom die getatoeëerde letters gewys. Klein B.

"Dit was haar straatnaam." Sy trek die handskoene met 'n knip af en draai na die jong man. "Waar het jy hulle gekry?"

"In die asblik." Hy stotter. "Op pad huis toe van die skool af."

Burton dink stil en trek Acosta na haar sy. "Ons beter vinnig werk. Ek is bang vir wat hy volgende gaan doen."

HOOFSTUK V

Burton en Acosta het die asblik deurgesoek waar Jim Blanch gesê het hy het die borste gevind, maar kon geen ander bewyse vind nie. Die tiete het wel aan Julieta behoort; hulle pas perfek in plek toe die mediese ondersoeker hulle in die netjies gekerfde gat in haar bolyf inpas. Acosta het sy kalfsvleisscaloppini amper opgeblaas op pad by die deur uit. Dr. Arbitag het so gelag dat die bol van Vicks onder sy neus gedreig het om homself oor die kamer te gooi.

"Daardie een behoort in die Olimpiese Spele te wees. Seker 'n paar sekondes van Usain Bolt se tyd afgeskeer."

"Arby, jy is 'n regte baster, jy weet dit?" Clarice het gelag en hom gehelp om die liggaamsdeel terug in sy aparte sak te sit.

"Ja, maar jy is lief vir my." Hy het die sak toegemaak en dit op 'n kar gesit. "Wel, Clarice, ek weet nie wat ek vir jou kan sê nie, maar ons kon nie enige bruikbare bewyse vir jou vind nie."

"Wat van die saad?"

"Ons het dit getik, maar ons het geen treffers in die databasis gekry nie."

Burton trek haar handskoene met 'n klap uit en trap op die hefboom om die mediese asblik oop te maak. "Het nie regtig daarop gewed nie. Jy weet hulle is gewoonlik 'n lang skoot."

"Ja, soms." Arby was sy hande en draai terug na die speurder. "Maar jy weet nooit voor jy probeer nie."

"Arby, jy het baie sake gesien. Ek weet jy is nie Michael Baden nie, maar ek het jou kundigheid nodig." Sy het stilgebly en haar gedagtes georganiseer. "Hy gaan weer doodmaak en dit gaan binnekort wees. Julieta was gister. Tamara was twee dae vroeër. Na middernag gaan ons nog 'n dooie vrou op ons hande hê en die burgemeester gaan kak."

"Jy sal nie daarvan hou nie."

Burton lag, vinnig nugterend. "Kan jy vir my iets gee om aan te gaan? Iets uit jou ingewande?"

Arbitag het sy hande afgevee en begin om stukkies vleis en gestolde bloed in die drein op 'n nabygeleë tafel af te spoel. Hy kyk vir 'n oomblik op na haar, laat dan die slangklep los, wat die vloei van water beëindig. "Hy is kranksinnig. Hy is nie net iemand wat intelligent is nie, maar hy is ook geestelik siek. Sy keuse om prostitute as teikens te gebruik is nie 'n oorspronklike idee nie, maar sy spesifieke keuse van prostitute wat nie kondome gebruik nie."

"Geen kondome nie?"

"Die vaginale of anale kanaal van 'n vrou wat konsekwent 'n kondoom gebruik, verskil baie van 'n vrou wat dit nie doen nie. Die spierstrepe is baie gladder en die vaginale spiere van albei vroue het gewys dat nie een van die twee onlangs veilige seks beoefen het nie."

"Hulle was dus kaalrugspesialiste."

Arbitag het geknik, die water weer geaktiveer en die afval in die drein gespoel. "Julieta het MIV gehad."

"En Tamara?"

"Chlamydia."

"Is dit oordraagbaar?"

"Ja."

"Kan dit behandel word?"

"Chlamydia kan behandel word, ja, maar ... wel, jy weet van MIV."

"Ja." Clarice het in die dik plastieklyfsak gekyk, Julieta se mooi gelaatstrekke is verwring deur die dik materiaal. "Albei vroue was dus besmet, maar hy het nie omgegee nie."

"Nee. Ons het semen in die eerste meisie se keel gekry en ek het in Julieta se mond gekry toe ek dit uitvee. Die tipes was dieselfde."

"Maar hoekom sou hy die tyd neem om die borste van die vrou af te sny en dit dan weg te gooi? Ek bedoel, dit is duidelik deur die insnyding dat hy die tyd geneem het om 'n goeie werk te doen ... "

"Miskien was hy gehaas. Miskien het hy hulle daar gelos vir jou en Acosta en daardie kind het net op hulle afgekom. Wie weet? Op hierdie stadium is sy rede om hulle te verlaat nie die punt nie."

"En die punt is?"

"Hoekom was dit vir hom nodig om die vroue te sny? Hy kon sy sin met hulle gehad het sonder om hulle te beseer, maar hy het gevoel dat hy hulle moes vermink. Hoekom was dit? Hoekom die keel en hoekom die borste? Hoekom het hy vroue gekies wie het nie rubbers gebruik nie?"

"Hy was besig om 'n verklaring af te lê." sê Burton sag. "'n Verklaring oor prostitute wat nie kondome gebruik nie. Lae kwaliteit prostitute, besmet en wat hul siekte na die kliënt versprei. Dit is soos Jack the Ripper ..."

Die woord wat Arbitag gefluister het, was selfs sagter. "Bingo." Onmiddellik het Burton se brein begin werk en grawe vol aarde in die tuin van haar vrugbare brein omgedraai op soek na inligting. Die mediese ondersoeker het 'n steriele skinkbord instrumente nagegaan en seker gemaak dat dit voorberei is vir die volgende inskrywing. "En watter soort persoon sal vroue so wil teiken?"

Weereens het die speurder oor die vraag nadink en aan moontlike antwoorde gedink. New York City was 'n plek wat dig bevolk was met allerhande soorte mense wat wou hê dat MIV Jezebels van die planeet af gevee word. Arbitag het agter haar beweeg en een gesit, dan 'n tweede foto voor haar. Die eerste foto was 'n skare wat op Tamara se misdaadtoneel geskiet is. Menigte skote was standaard en is vereis van elke misdaadtoneel wat in die stad gewerk word. Met die wete dat die meeste moordenaars sielkundige wesens was, was daar altyd 'n kans dat die persoon terug na die toneel sou opdaag om die aandag te verlustig terwyl hy sy of haar identiteit in die geheim wegsteek.

Clarice se skerp oë het die tweede foto geskandeer, 'n skare wat vanaf Julieta se misdaadtoneel geskiet is en kon nie 'n verband vind nie. Arbitag bespeur haar frustrasie en pluk 'n swart Sharpie uit sy baadjiesak, maak twee sirkels op die fotopapier en glimlag toe die speurder nader leun.

"Die priester."

HOOFSTUK VI

Die vrou was pragtig. Haar hare was 'n smaaklike skakering van aarbei-blond, smaakvol gestileer in 'n doppie krulle om haar gesig. Haar uitnodigende mond was omring met rooi en haar bleek borste het uitgebult van net onder die rande van die kant teddie, en hom terg met hul plomp, sproet toppe. Hy het gepyn om met sy vinger langs daardie sneeu pieke te vryf, maar hy ken haar nog nie goed genoeg nie.

"Soek jy 'n drankie?"

Sy knik negatief en beweeg nader aan hom op die rusbank en draai haar mooi gesig na syne. Hy neem die wenk en leun af, neem haar mond in 'n sagte soen en druk sy tong in haar mond. Sy was so onderdanig en hy was mal daaroor. Hy wou die man wees, vir haar wys dat hy vir haar kan sorg en hy wou hê sy moet dit weet. Terwyl hy haar steeds soen, reik hy na bo en laat sy hand een van haar borste omvou, terwyl hy haar tepel tussen sy vingers vryf.

"Jy hou daarvan, nie waar nie?"

Hy gly die band van haar glip af oor haar skouer, laat sy vingers haar sagte vel glad maak. Haar bors het uitgekom, die tepel sag en pienk en hy tong dit, neem die tyd om die verskillende teksture te voel. Hy het tyd spandeer en heen en weer tussen die twee beweeg, maar sy behoefte was te groot en hy kon nie langer daarteen veg nie. Terwyl sy lippe die vallei tussen haar borste leer ken het, het sy hand na onder gekruip en met sy klipharde piel verbind, dit 'n druk gegee voordat dit losgemaak en losgemaak word.

"Gee dit 'n bietjie suig, sal jy?"

Haar lippe gaan oop en hy druk haar kop af, kreun diep terwyl sy al sy ses duim lengte in haar mond inneem en dit agter in sy keel laat tref. Sy was so goed. Hy kon nooit genoeg kry van die sagte, nat warmte van haar mond en haar buigsame tong nie. Sy vryf dit teen die onderkant van sy piel, teiken die klein bondeltjie senuwees net suid van die rant en laat hom bewe.

"Ja, skat. Net so. Vat dit. Neem dit alles."

Hy wou haar naai, maar sodra sy sy piel begin suig het, het hy geweet hy sal nie hou nie. Haar klein keeltjie het 'n vakuum om sy stok gevorm en op een slag was sy besig om hom te druk en te suig op dieselfde tyd. Hy leun terug in die stoel, hou sy hand op die agterkant van haar kop terwyl sy heupe opwaarts stoot, en dwing sy piel verder in haar slokdarm.

"O, ja. O, fok, skat, ek gaan kom!"

Sy sprong van sperma het gepaard gegaan met sy gewurgde skree en sy lyf het met elke loslating geruk, sy bene styf en reguit. Sy was so goed. Sy melk elke laaste druppel uit hom, laat hom swak en versadig, 'n glimlag op sy gesig. Die klop aan die stoepdeur het daardie glimlag dadelik weggevee en hy spring orent.

"Eerwaarde Perkins?"

"Ek sal dadelik uit wees."

Burton het op een van die banke gaan sit en kyk na Acosta. "Wat de hel maak hy daar binne?"

"Ek weet nie. Gee 'n private seën?"

Die speurder lag donker en werp haar blik om die kerkie. Sy was nog nie in 'n kerk sedert Angie dood is nie. Sy het gereken dat daar geen God is as hy haar toelaat om so te sterf nie. Die deur van die vestery gaan oop en dominee Henry Perkins stap vorentoe, sy uniform onberispelik. Hy het 'n hand na Acosta uitgesteek en dan na haar gedraai toe sy opgestaan het.

"Jammer om jou te laat wag. Ek was besig met rekenaarwerk."

"'n Rekenaar in 'n kerk. Die wêreld beweeg vorentoe."

"Altyd, speurder Burton. Die behoeftes van die siel word nie deur tegnologie beperk nie." Perkins het geglimlag asof hy 'n private grap maak. "Hoe kan ek jou help?"

"Ek wou jou 'n paar vrae vra. Gee jy om?"

"Glad nie."

"Goed." Burton het gekyk hoe die predikant senuweeagtig van haar af wegdraai, kyk hoe haar maat om die altaar stap en die heilige artikels van sy geloof met die tegniese oog van 'n opgeleide polisiebeampte ondersoek. "Ek het opgemerk dat jy op die Williams-toneel was. Ek glo dat jy 'n gebed oor haar gedoen het."

"Uh, ja." Perkins het haar geantwoord en toe sy aandag terug na Acosta gerig. Waaroor is jy senuweeagtig, dominee? "Ek het haar Last Rites gegee."

"Hoe het jy geweet sy is Katoliek?"

"Ek het nie. Ek gee Last Rites aan enigiemand wat dit nodig het, ongeag geloof."

"Of gebrek daaraan?"

Eerwaarde Perkins skud sy kop. "Ons almal word vryspraak gegun as ons om vergifnis vra vir ons sondes. Hoekom moet 'n prostituut anders wees?"

"Dit is baie genadig van jou, dominee Perkins. Is dit hoekom jy na die Friars-toneel gekom het?"

Sy het die geringste sweempie van verbasing oor sy gesig gevang voordat hy homself bedink het. "Die Friars-toneel?"

Burton het die foto uit die lêergids wat sy gedra het gehaal en dit aan die man gewys, terwyl hy sy reaksie noukeurig waargeneem het. "O, ja. Ek was op pad na 'n gebedsbyeenkoms en het dit toevallig gesien. Ek het haar ook Last Rites gegee."

"Ek sien." Sy het die foto vervang. "Het jy een van die meisies voor hul dood gesien?"

"N-Nee."

'n Stotter. Waaroor is jy so senuweeagtig? "Is jy seker?"

"Ja, ek is seker. Ek sal dit weet." Perkins het weer omgekyk en opgemerk dat Acosta verdwyn het. "Waar is meneer Acosta?"

"O, hy is seker iewers rond, heel waarskynlik buite rook."

"Verskoon my asseblief."

"Eerwaarde Perkins, ek is nie klaar nie ..."

Die goeie dominee het met speurder Burton reg agter hom op pad na die vestry op 'n doodloopbaan. Acosta was in die klein kamertjie en het geraamde sertifikate ondersoek wat die panele gestippel het. Hy kyk verward op toe Perkins instorm.

"Ja meneer?"

Perkins se oë flikker na die kas in die hoek, en merk op dat die deure veilig gesluit is. "Uh, dit is my privaat kantoor, speurder. Ek sal dit waardeer as jy na buite sal kom."

Acosta se oë verbind met Burton s'n en hy trek sy skouers op. "Geen probleem."

Perkins het die deur agter hulle toegemaak en na die twee speurders gedraai. "Luister, as daar nie meer vrae is nie, moet ek regmaak vir môreaand se diens."

Speurder Burton het sy hand geskud. "Dankie, dominee Perkins. Ons sal jou kontak as ons nog vrae het."

Die twee speurders het vinnig die kerk verlaat, op pad na die ongePatrickde Chevrolet wat by die randsteen geparkeer is. "Ons dominee Perkins is 'n interessante man."

"Wat laat jou dit sê?"

"Hy het 'n vriend in die kabinet. 'n Realistiese rubberpop."

"N pop?"

"Nie sommer enige pop nie. 'n Sekspop." Acosta het 'n plastieksak uit sy sak gevis. "Met 'n mondvol cum, kan ek byvoeg."

"Die dominee was besig om 'n pop te fokken toe ons klop."

"Dit lyk so." Acosta glimlag. "Wat sê jy ons maak 'n vinnige stop by die ME se kantoor?"

HOOFSTUK VII

Die nag het glad oor die stad versprei soos 'n donker vlek roet, wat die horison swart maak en die sterre wat sy geweet het daar was, uitgesluit het. Voordat hulle getroud is, het Harry altyd kommentaar gelewer op haar oë en gesê dat hy die hemele in hulle kan sien. Vanaand het sy vroeg by die huis aangekom en hom op soek na die hemel gevind in die lyf van 'n blondine met vals tiete. Ná elf jaar van huwelik het sy dit nooit verwag nie. Sy het geglo in happily ever after, in Prince Charming en sy lieflike prinses en in een slag van sy haan het haar man daardie drome verpletter.

En so het Carla Parker haarself in hul gemeenskap se plaaslike watergat bevind, omring deur bewonderaars wat haar drankie ná drankie, skoot na skoot gekoop het, haar pad verby haar limiet geneem het. Sy het nie geweet wanneer sy daardie grens oorgesteek het nie; sy het net geweet dat sy opgehou het om vir haar bedrieglike man om te gee. Hy was soos 'n vreemde voorwerp in die loopvlak van haar skoen vas en sy pluk hom moeiteloos uit en gooi hom eenkant toe.

"Verskoon my." Dit was sy stem wat deur die alkoholiese waas gesny het: beleefd en gentlemanly. "Mag ek vir jou koffie koop?"

'n Huil en huil het ontstaan uit sy skielike toetrede tot die toneel. "Haai, wie is jy?" "Ons het haar eerste gesien." "Kry die fok uit, jou fokken Engelse bastard!"

Sy het hulle geïgnoreer en na die man gedraai en hom 'n dronk glimlag gegee. "Ja asseblief." Hy het haar hand gevat en haar van die kroegstoel af gehelp en haar grasieus gevang toe haar hakskeen in die sport vashaak en haar vorentoe opsteek. Die ander het vir haar dronkenskap gelag, maar hy het nie. Hy het haar op haar voete gesit en haar in 'n stoel gehelp, toe geroomde en versuikerde koffie vir haar gevoer totdat sy die beker na haar lippe kon lig.

"Beter?"

"Ja, baie. Dankie." Die koffie vee van die blearigheid weg en sy glimlag vir die aantreklike vreemdeling. "Dankie dat jy my gered het."

"Dit is nie nodig vir dankie nie." Sy glimlag was warm en maklik. "Luister, my woonstel is nie ver hiervandaan nie. Hoekom gaan ons nie soontoe nie? Ek kan nog koffie vir jou maak."

"Dit klink goed. Laat ek eers die badkamer gebruik."

Terwyl sy weg was, drink hy sy koffie op en wag geduldig vir haar om te voorskyn te kom, terwyl hy opgemerk het dat ander mans skerp kyk. Sy het uitgekom, haar hande op 'n vierkant papierhanddoek afgedroog en die man wat hom 'n 'Engelse bastard' genoem het, is op haar gesit. Hy het nie geweet wat oor hom gekom het nie, maar binne sekondes was hy 'n snerpende skaduwee van sy voormalige self, wat op die man geloods en hom op die vloer neergeslaan het. Die ander mans wat met haar gesels het, het by die stryd aangesluit en kort voor lank het die kroegman die polisie koorsig gebel terwyl stoele en bottels gevlieg en bloed gestort is.

Dit was byna vyf-en-dertig minute later toe Burton die oproep van Stevens ontvang het. "Dit is 'n bakleiery in 'n kroeg genaamd Sin City."

"Ek het al voorheen daarvan gehoor. Hoekom bel jy my oor 'n bakleiery?"

"Jy sal met die slagoffer, Carla Parker wil praat. Sy sê sy was op die punt om saam met 'n man te vertrek toe die bakleiery uitgebreek het. 'n Engelsman."

"Ek is oppad."

Toe sy aankom, het die kroegman vir die laaste van die gaste goeie nag gesê en was nie bly om haar te sien nie. Die vrou het in 'n hokkie gesit, 'n drankie in haar bewende hand en haar hare in 'n deurmekaar wolk om haar kop.

Stevens wag vir haar en kyk na die laaggesnyde voorkant van haar bloes. "Haar naam is Carla Parker. Sy het haar man in die bed saam met 'n ander vrou gekry en besluit om haar woede te verdrink. Dit lyk asof sy 'n bietjie te diep in die koppies geraak het en die aandag van verskeie mans getrek het wat haar as 'n 'geleentheid' gesien het."

"Stom kut." het Burton geprewel. "Hoekom het sy hom nie net uitgegooi nie?"

"Weet nie." Hy het aan die kant van die hokkie stilgehou. "Mev. Parker, dit is speurder Burton."

Parker kyk op, haar oë ingesink en rooi. Sy het begin praat, maar haar gesig het verkrummel en sy sluk van die alkohol af teen die belofte van nuwe trane. Stevens het teruggetrek en Burton gaan sit, strek oor en klop die vrou se hand.

"Vertel my van hom, mev. Parker."

"Hy het gaaf gelyk, 'n meneer."

"Hoe het jy geweet hy is 'n gentleman?"

"Hy het 'n Engelse aksent gehad."

Burton het na Stevens gekyk en die vrou 'n glimlag van bemoediging gegee. "Dit is min en ver tussen. Menere, ek bedoel." Parker knik en neem nog 'n drankie. "Wat anders het jou laat dink hy is 'n gentleman?"

"Hy het vir my koffie aangebied toe die res van daardie luite wou hê ek moet meer drink. Hy wou my nie soos die res van hulle uitbuit nie."

"Dit was gaaf van hom. So gaaf van 'n vreemde man om tot jou redding te kom, dink jy nie?" Die speurder se woorde het Parker ongemaklik laat voel, maar sy het niks gesê nie. "Jy het gesê jy gaan saam met hom vertrek?"

"Ja, hy het my na sy woonstel genooi. Ons sou koffie drink."

"Ek sien." Burton gluur na die vrou. "Kan jy vir my 'n beskrywing van hom gee?"

"Lang, donker hare, baard, bruin oë."

"Kan jy hom identifiseer as jy hom weer sien?"

"Ja." Parker kyk rond na die ander beamptes, haar nuuskierigheid het skielik geprikkel. "Hoekom stel jy so belang in 'n man wat 'n bakleiery begin het?"

"Want, mev. Parker, jy is gelukkig om te lewe. Jou Engelse heer het twee vroue vermoor waarvan ons weet en jy was dalk nommer drie."

HOOFSTUK VIII

Fury het sy are regeer. Hy kon nie dink aan die pyn wat deur sy skedel steek en die woede wat sy bloed laat kook het nie. Hy het haar gehad. Sy het uit sy hande geëet en binnekort sou sy op die rand van sy mes gebloei het. Fokken poes! Hy klop aan sy voorkop terwyl hy terugloop na die voorkant van die kroeg, nie in staat om homself te help om terug te keer na die toneel nie. En daar sit sy, daardie poes-speurder van die TV, oorkant die vrou. Hy kon haar steeds hê. Nou, om 'n manier te vind om dit te doen ...

Burton se selfoon lui en sy het dit in werking gestel en die hokkie verlaat. "Burton."

"Haai, dit is Acosta."

"Waar was jy? Ek het jou al vyf keer probeer bel!"

"Ek was hier onder by die laboratorium. Jy het vir my gesê om te wag vir die uitslae, onthou jy?"

"Ja, maar jy kan nie jou foon antwoord nie?"

"Ek het die afgelope twee uur 'n tegniese verduideliking oor DNS gekry, Clarence. My brein is oorlaai."

Burton lag. "So watter nuus het jy vir my?"

"Dit is toevallig."

"Speel jy?"

"Nee. Die priester se saad is toevallig. Ek is op pad na die Regter se huis om die arrestasiebevel reg te kry."

Burton het die inligting verteer terwyl hy omgedraai het om na Carla Parker te staar. Iets was nie reg nie, maar sy het nie geweet wat dit was nie.

"Wil jy my by regter Anderson ontmoet?"

"Nee, dit is nie nodig nie. Ek kan dinge aan hierdie kant versorg. Ek sal jou 'n oproep gee wanneer ek dinge in plek kry en ons sal ontmoet om hom in te neem."

"Nou goed. Goeie werk, Acosta."

"Dankie, Clarence. Sien jou later."

Sy maak haar foon toe en kyk terug na die vrou. Wat was dit? Wat was dit wat haar pla? Burton het dit opgetrek en gegaan na waar Stevens gestaan het.

"Ons het die ou."

"Wat, die ou van vanaand?"

"Nee. Die moordenaar. Ek sal jou later daarvan vertel. Op die oomblik moet ons vir mev. Parker by die huis kry en hier wegkom."

"Oukei."

Parker kyk op toe sy oorkom. "Het jy hom gevang?"

"Nee, maar ons het die moordenaar gevang, so jy is vry om te gaan."

"Dink jy nie hy is die moordenaar nie?"

"Nee. Ons het onweerlegbare bewyse wat bewys dat hy nie is nie, sodat jy veilig is."

Carla se oë is vol trane. "Dank die Here."

"Speurder Stevens sal sorg dat jy veilig by die huis kom."

"Dit is nie nodig nie. Ek gaan nie huis toe nie. Ek gaan net na 'n hotel in die pad."

"Tog kan die speurder jou 'n rit na die hotel gee."

Parker staan, drink haar drankie en haal haar beursie. "Dankie net so, maar ek gaan stap. Ek het bietjie vars lug nodig, as jy weet wat ek bedoel."

"Mev. Parker, ek hoef nie vir jou te sê dat dit gevaarlik is om hierdie tyd van die nag te stap nie."

"Ek sal versigtig wees." Sy strompel na die deur toe en kom regop toe sy die deurhandvatsel vasgryp. "Dankie vir jou hulp."

Die speurders het gekyk hoe sy vertrek, albei skud hul koppe oor haar onnoselheid. Stevens het Burton op die rug geklap. "Nie jou skuld nie, Clarence. Sy is 'n volwasse vrou."

"Kon ons haar nie vir dronk en wanordelik arresteer nie?"

"Nie regtig nie. Dit sal óf op 'n tegniese punt uitgegooi word óf ons sal gedagvaar word." Hy glimlag. "Of weet ons geluk, albei."

Sy lag en knik. "Jy is reg. Wel, kom ons gaan aan en ek sal jou vertel van die priester op pad."

***

Carla neurie terwyl sy in die straat afstap. Sy was mal oor New York City hierdie tyd van die nag. Die stoom wat uit die riole opstoot, die weerkaatsings van die neontekens in die donker silwer plasse, die geluide van ongeduldige bestuurders en die reuk van uitlaatgas het alles gekombineer om die stad 'n magiese plek te maak om te wees wanneer die son uit die lug terugtrek. Om dronken te wees, het ook nie die ervaring weggeneem nie. Dit het alles verhoog en sy het beslis 'heightened' gevoel.

Fok Harry! Sy het gelag en vrolik gespring, onthou van die aandag wat sy vanaand gekry het. Sien, Harry? Jy is nie die enigste een wat iemand anders kan kry nie! Toe sy die hoek nader, sien sy hom daar staan, 'n glimlag op sy gesig en sy hardloop om en gooi haarself in sy arms. "Waarheen het jy verdwyn?"

"Ek is by die agterdeur weg. Ek is nie baie van 'n vegter nie."

Sy het aan die bult by sy regterslaap geraak en hy het geruk. "O, ek is jammer."

"Wil jy nog daardie koffie hê?"

Sy merk die vonkel in sy oë en glimlag. "Jy bedoel, by jou woonstel?"

"Ja."

"Nee. Maar ek sal 'n drankie drink."

"Nou goed. Kom ons gaan."

Sy laat hom die pad lei, struikelend en giggel terwyl hy hulle in strate en stegies maneuver. Uiteindelik het hy in 'n donker stegie gestop, haar teen die muur gedruk en haar nek gesoen. "Ek hoop nie jy gee om vir 'n kits nie. Jy is so mooi dat ek myself net nie kan help nie."

"Geen." Sê sy uitasem. "Ek gee nie om nie." Sy growwe lippe het haar mal gemaak, haar sensitiewe nekvleis geknip en haar laat bewe. Toe sy hande afbeweeg na haar middel en die soom van haar rok optrek, het sy nie geprotesteer nie. Haar liggaam was honger, honger vir die aandag van 'n man wat duidelik haar geselskap geniet het. Fok jou, Harry. Sy vingers ruk die broekie van haar lyf af en sy maak haar bene in afwagting oop. "O, ja." Fluister sy, haar poes tintel. "Fok my."

Die woorde het geëindig met 'n verwurgde gil, haar lyf vasgespeld op die ekstra groot kleremakerskêr wat hy in haar vagina gedruk het. Bloed, dik en warm, het sy hand bedek en hy het stilgehou om dit te snuif voordat hy sy pynende piel in sy polsende strome indruk. Sy het probeer om hom vas te klou maar hy het maklik haar polse aan die een hand vasgehou terwyl die ander haar heupe naby gehou het. Gou het haar gesukkel swak geword, haar oë fladder en hy het haar harder ingedruk, haar fluweelagtige warm bloed wat haar kanaal smeer.

Terwyl Carla Parker haar laaste asem uitgeblaas het, het hy in haar ontplof, sy piel het dik geword met elke pols van kom wat haar binneste spat en met die ryk bloed gemeng het. Dit was die beste nog, dink hy, laat sy piel uit haar gly en gebruik haar rok om van die bloed weg te vee. Nou, om 'n boodskap vir daardie vroulike speurder te los: 'n boodskap wat haar sal laat weet dat daar nie met hom gespot word nie.

'n Boodskap om haar te laat weet dat sy volgende is.

HOOFSTUK IX

Eerwaarde Perkins het nogal verbaas gelyk toe 'n klein leër van New York se bestes by die deur van die kerk opdaag. Die arrestasie het sonder probleme afgeloop en Burton, Acosta en Stevens het saam met die ander beamptes agtergebly en die perseel vir bykomende bewysstukke deursoek.

"Clarence!" Acosta se oproep het haar laat hardloop en sy en Stevens het die vestry binnegegaan, op pad na die minister se klein woonstel. Haar maat het oorkant die kamer gestaan en na die onderkant van die kas gewys; dieselfde kabinet wat Perkins se rubber sekspop gehuisves het. 'n Donker vloeistof het geleidelik onder die deur uit gevloei, in riviertjies oor die sementvloer gevloei en in 'n klein, vervalle gooi-matte geweek.

Stevens het die deur genader, sy sakdoek gebruik om een van die deurhandvatsels vas te gryp en dit stadig oopgetrek. Binne, langs die rubber bolyf, was die bolyf van 'n vrou, 'n gesig wat 'n hyg van almal aanwesig getrek het.

"Jesus Christus! Dis Carla Parker!"

Burton kom nader, haar oë vasgenael na die vrou se gesig. Haar uitdrukking was een van verlatenheid, van die prysgee van haar lewe en dit het die speurder tot in die diepte van haar siel geruk. Die kyk in haar oë ... "Clarence. Clarence, gaan dit reg?"

"Y-Ja." Sy spring terug in haar professionele modus, steeds geskud. "Dit gaan goed met my."

Acosta skuif agter haar aan, sy stem laag en angstig. "Clarice, sy lyk soos jy." Vir die eerste keer het Speurder Burton na die liggaam gestaar, regtig gestaar. Carla Parker was 'n donkerkop, maar haar hare was blond. 'n Pruik is op haar kop geplaas. "En kyk, op haar bors." 'n Polisiewapen was deur die vetweefsel van Carla Parker se bors vasgespeld. Haar kentekennommer, 5803, was op 'n strook antiseptiese band geskryf en daaraan geheg. Stevens en Acosta het vir 'n lang oomblik na haar gestaar en wou nie kommentaar lewer nie.

"Dit was hy."

"Wat?" het Acosta geskree.

"Dit was hy. Ons Engelsman."

"Wat sê jy? Hoe kan dit hy wees as ons bewyse oor Perkins het?"

"Ek weet nie hoe om dit te verduidelik nie, Stevens. Ek weet dit net. Hierdie is 'n boodskap aan my."

"Hoekom vir jou?"

"Hy het seker teruggekom kroeg toe. Hy moes my by haar gesien het en besluit het ek weerhou haar van hom af." Burton kon nie haar oë wegruk van Carla Parker se leë oë nie. "Hy sê vir my dat hy volgende vir my kom haal."

"Maar wat van dominee Perkins?"

"Hy is onskuldig."

Acosta het voor haar inbeweeg. "Wat doen jy? Ons het hierdie kakkop dood aan regte!"

"Doen ons?"

Hy kyk na Stevens wat ook na haar gestaar het. "Wat de hel is dit?"

"Dit is 'n rooi haring, opgevoer tot ons voordeel en om Perkins te impliseer. Perkins is nie die moordenaar nie." Sy draai om om die kamer te verlaat en gooi woorde oor haar skouer, "Hy wag daar buite vir my."

***

Hy sit twee kwarte in die masjien en skuif die koerant onder sy arm in. Sy woonstel was net 'n paar blokke verder en dit was 'n noodsaaklike deel van sy alledaagse roetine, sy manier om 'n verbinding met die regte wêreld te behou. Hy kyk op sy horlosie en verskerp sy pas. Byna sesuur. Tyd vir die nuus. Tyd om uit te vind of daardie speurder sy boodskap gekry het.

Die Breaking News-uitsending het om 5:59 begin en hy gaan sit in sy rusbank, koerant op sy skoot en 'n bier in sy hand. "Goeie aand.

Ons begin met brekende nuus van St. Peter's aan die Lower East Side. Eerwaarde Henry Perkins is gearresteer vir die moord op Tamara Williams, Julieta Friars en die jongste slagoffer, die 38-jarige ontvangsdame Carla Parker.

Mev. Parker was vroeër by die Sin City Bar in 'n bakleiery betrokke, maar het daarin geslaag om sonder beserings te ontsnap. Nadat die polisie vertrek het, het mev. Parker op haar eie vertrek, ten spyte daarvan dat die polisie vervoer aangebied is en is in Canalstraat aangerand en vermoor."

Hy het aandagtig na die uitsaaier geluister, elke woord geweeg en gesoek na 'n blik op daardie teef, speurder Burton. Hy het gewonder of sy dapper genoeg sou wees om hom in die oë te kyk. Uiteindelik. Waarvoor hy gewag het. Die groot-tiet teef cop kom op die skerm.

"Kan jy ons enigiets meer oor hierdie ondersoek vertel?"

Die vrou se oë het die vroulike verslaggewer se gesig verlaat en in die kamera se lens gedraai. "Die ondersoek is nie verby nie. Ons het 'n persoon van belang gearresteer, maar ek glo nie persoonlik dat daardie persoon die oortreder is nie. Ek glo dat hy nog daar buite is en wag om weer toe te slaan."

Burton staar in die kamera en ignoreer die woedende fluisteringe van Stevens, wat net agter haar gestaan het. "Ek het jou boodskap gekry. Ek wag vir jou."

Die verslaggewer het van haar af weggedraai om die uitsaaigedeelte af te handel en Stevens het haar aan die skouers gegryp en haar in die rondte gedraai. "Wat die hel doen jy?"

"Probeer om die moordenaar te vind, John. Tyd om sy speletjie te speel."

HOOFSTUK X

Clarice Burton het voor die spieël gestaan en haar weerkaatsing noukeurig nagegaan. Vir jare het sy haar vroulikheid onder haar uniform versteek, agter 'n kenteken wat haar gelykgestel het aan almal wat haar in die naam van daardie vroulikheid sou viktimiseer. En dit was oukei. Sy het binne die kringe van die departement beweeg, oënskynlik onbewus van die fluisteringe wat haar gevolg het toe sy die spankamer binnegekom het, maar altyd pynlik bewus daarvan dat, ongeag hoe hard sy probeer het, sy altyd gesien sal word as 'n rooihaar meisie met groot tiete.

Die stap tot speurder was 'n obsessie. Sy het haar gat afgewerk, gelees en studeer wanneer die ouens besig was om te karwei of poker te speel en die harde werk het vrugte afgewerp. Sy moes die afval van die kantoor verlaat en opgaan na die speurders se slyk. Haar aangebore vermoë om bewyse uit te snuffel, het haar kop en skouers bo die skare gehou en redelik gou is sy uitgesonder vir haar buitengewone vermoëns. Nou kon sy haar eie manier beveel en was gelukkig om Acosta as haar maat aan te sluit. Hy was steeds een van die bevolking wat die toestroming van vroue in die speurgeledere gehaat het, maar hy het sy mond gehou en sy werk gedoen.

Sy het haarself nie herken nie. Hierdie persoon wat voor die spieël staan ... dit was die persoon wat sy al die jare gelede was. Angie se ma. 'n Vrou wat dit geniet het om vrou te wees. 'n Vrou wat dit geniet het om aangeraak en gesoen te word. 'n Vrou wat 'n man se liggaam langs hare geniet het en een geword het onder die fluistering van katoenlakens. Net om haar eie krom lyf in die rok te sien, het haar skielik die intimiteit van 'n ander se aanraking laat mis en sy het haarself bevraagteken hoekom sy dit regtig doen. Wou sy die moordenaar vang of die seks ervaar?

Die saalhorlosie het middernag gelui en sy staan vasgevang voor die bord, haar hart klop in haar ore. Haar oë dwaal oor die gesigte, pouse vir 'n paar sekondes om behoorlik hulde aan hulle te bring. Sy het dit vir hulle gedoen, vir elkeen van daardie arme siele wat hul lewens aan mense soos die Engelsman verloor het. Deur hom aan te keer, sou sy hulle 'n mate van vrede gun en miskien ook vir haarself. Dit was tyd om te gaan. Gee my krag.

Sy het die deur gesluit, seker gemaak dat haar kenteken en geweer in haar handsak is en in die ongemerkte motor wat sy huis toe gebring het, ingeskuif. Haar hakke het dadelik opgestaan, maar sy het nie tyd gehad om die geweer uit haar beursie te vang nie. Rustig, opgeruimd, het sy die sleutel in die aansitter gesit en gesê: "Hallo, Jack."

"Hallo, speurder Burton." Hy gaan sit regop op die agtersitplek, hou die loop van die geweer teen haar kop gedruk en sorg dat hy in die skaduwees bly. "Jy lyk pragtig vanaand."

Haar oë verbind met syne in die truspieël. "Ek het so aangetrek vir jou."

"Het jy regtig?" Sy hewige stem stuur rillings deur haar. "Sê jy jy wil met my speel?"

"Ja, Jack. Ek wil met jou speel."

Hy het so naby beweeg dat sy sy warm asem op haar nek kon voel. "Weet jy wat dit beteken?"

Clarice voel 'n bewende begin diep in haar maag en kon niks doen om dit te keer nie. Sy het presies geweet wat sy bedoel het en as sy nie hierdie wedstryd wen nie, sou die gevolg haar dood wees. "Ja," sê sy sag. "Ek weet wat dit beteken."

"Jy mag dalk my beste meesterstuk nog wees, Clarice. So 'n dapper vrou om die dood in die gesig te staar."

"Jy sal my nie doodmaak nie, Jack."

"Ek sal nie?"

"Jy naai my liewer."

Sy hand het skielik op haar keel vasgeklem en die lug uit haar longe verdryf. "Ek kan albei doen, speurder. Moenie my uitlok nie. Jy sal die ervaring dalk nie so opwindend vind as jy dit doen nie."

Sy wou reageer, maar het geen asem gehad om dit te doen nie. In plaas daarvan, het sy geknik en sy hand het weggegaan so vinnig as wat dit verskyn het en sy snak. "Ek is jammer, Jack. Ek het nie bedoel om jou kwaad te maak nie. Ek het jou net laat weet dat ek myself ten volle en volkome aanbied vir jou plesier."

"Jy hoef nie aan te bied nie. Ek sal vat wat ek wil hê."

Haar gedagtes het vinnig probeer werk. Hy was nou kwaad, iets wat sy nie wou hê nie. "Ek is jammer, Jack."

Hy het agteroor gesit. "Dis hoe ek van 'n vrou hou. Onderdanig. Ken jy jou plek, speurder Burton?"

"Ja." Sy antwoord sonder om te huiwer. "My plek is onder jou."

Hy het in die donker geglimlag, sy piel verhard oor haar reaksie. Dit gaan seker die beste aand van sy lewe wees. "Jy is so reg, speurder. Start nou die kar en ek sal jou sê waarheen om te gaan."

Haar hande bewe, speurder Clarice Burton het die motor gestart, dit in die ry laat val en die donkerte ingegaan, sonder om te weet of sy lewendig huis toe sou terugkeer.

HOOFSTUK XI

Sy het nie geweet hoe sy dit gedoen het nie, maar op een of ander manier het sy daarin geslaag om die motor te stuur, volgens die aanwysings wat hy gegee het. 'n Paar keer, wanneer polisiemotors verbyry, het sy daaraan gedink om hulle te beduie en gewonder wat Acosta en Stevens dink, of hulle teruggegaan het na haar plek om haar te kry wanneer sy nie opgedaag het nie. Hopelik het hulle nou na haar gesoek, maar sy was nie hoopvol dat hulle haar sou kry nie. Die aanwysings wat Jack haar gegee het, het hulle uit die stad gelei, buite die bestek wat die speurders sou soek en op een of ander manier het sy geweet dat hy daarvan bewus was. Uiteindelik het hy haar na 'n oprit gelei en haar beveel om die motor te parkeer.

"Ons is hier, dierbare." Sy gruisstem asem in haar oor toe sy die enjin afskakel. "Hoekom gaan ons nie binne waar dit warmer is nie?"

"Oukei." Sy reik na die deurhandvatsel maar sy hand op haar skouer keer haar.

"Wag. Blinddoek eers. Maak jou oë toe."

Sy maak soos hy vra en bewe al harder toe sy die agterste motordeur hoor oopgaan. Die skof in die motor het haar gewaarsku dat hy die agtersitplek verlaat het en koel lug het oor haar gespoel toe hy haar deur oopmaak. 'n Sagte stuk materiaal met oogkoppies is op haar gesig geplaas en toe sy haar oë oopmaak, kon sy niks sien nie. Sy hand bedek hare en sy bewe vir die gevoel van sy growwe vel.

"Gereed, speurder?"

Burton het nie haar stem vertrou nie, so bang was sy dat sy net geknik het en haar beheer heeltemal prysgegee het. Sy was gevoelloos; sy kon niks voel nie, behalwe waar sy hand aan hare geraak het en elke tree het skokke deur haar lyf gestuur, wat haar voortdurend in die werklikheid laat raak het. Sy het 'n styging in die paadjie aangevoel, dan trappe, dan 'n lang gang nadat sy deur die voordeur gestap het. Hulle vorentoe beweging het verlangsaam en sy voel hoe sy om iets gemaneuvreer word, en dan saggies agteruit gedruk. Toe sy wip, het sy geweet sy sit op 'n bed en haar hart het in haar keel gespring.

"Welkom by my huis, speurder."

"Dankie. Kan ek die blinddoek afhaal?"

"Nee. Ek wil hê jy moet hulle aanhou totdat ek besluit hoe vanaand gaan eindig."

"Baie genoeg."

Burton het probeer om diep asem te haal, met die hoop dat dit sou help om haar vrees in toom te hou, maar sy het geweet hy kon sien dat sy versteen was. "Jy is anders as wat ek gedink het." Hy begin, sy hande maak haar skouers glad. "Ek het 'n harde vrou verwag, maar jy is allesbehalwe hard."

"Hoekom het jy gedink ek sal moeilik wees?" Sy haat die bewing in haar stem, maar die hitte van sy hande deur die dun stof van die rok was besig om by haar te kom.

En hy het dit geweet. "Jy sal moeilik moet wees om 'n moordspeurder te wees." Sy hande het langs haar arms afbeweeg en hoendervel in hul nasleep laat lig. "Wanneer laas het 'n man so aan jou geraak?" Toe sy geen antwoord gee nie, gaan hy voort en buk by haar oor. "Wanneer laas het 'n man vir jou gesê jy is skouspelagtig?" Sy vingers beweeg af, borsel haar tepels wat haar laat snak. "Wanneer laas het 'n man jou 'n goeie, harde naai gegee?"

Clarice kon nie praat nie. Wanneer laas het sy 'n goeie, harde naai gehad? Vergeet die fok, wanneer laas is sy gesoen? Die feit dat sy nie kon antwoord nie, was 'n veelseggende teken. "N lang tyd." Sy antwoord sag.

"'n Pragtige vrou soos jy?" Hy beweeg nader. "Ek is seker daar is honderde mans daar buite wat jou wil hê so hoekom is jy alleen?"

"Ek is 'n polisiebeampte. Ek het nie tyd nie ..."

"Vir verhoudings?" Hy het gelag. "Ek het dit al voorheen gehoor. Mooi vroue het nooit tyd vir my gehad nie, veral daardie hoere." Sy hande het oor haar borste gestreel, dit omhul en haar tepels deur die stof gesirkel. "Trek jou rok uit."

Sy het iets begin sê, maar van plan verander. Stadig staan sy, haak die haltergedeelte van die rok los en laat dit van haar borste af val. Sy was op die punt om die res van die rok af te druk toe sy lippe haar tepels aanval, dit lek en suig totdat hulle tot pynlike punte styg. Clarice het na haar asem gesnak, lief vir elke lek en suig wat hy haar gee. Dit het so goed gevoel om verheug te wees dat sy van die gevaar vergeet het en net aan sy warm hande op haar lyf gedink het.

"Ek wil jou naai, speurder. Is jy gereed om my speletjie te speel?"

Haar lyf bewe van sy aandag, sy stoot haar rok die res van die pad af en stoot haar skouers uit. "Ja, Jack. Kom ons speel.

HOOFSTUK XII

Burton was steeds bang. Sy het naak en geblinddoek gestaan en wag op sy bevel soos net 'n gretige slaaf kon. Elke senuwee was op 'n einde. Elke haar het gestaan. Elke vesel van haar het gebewe, elke bietjie wag vir sy woord.

"Ek speel rof, speurder. Kan jy dit hanteer?"

"Ek kan baie meer hanteer as wat jy dink, Jack."

"Regtig?" 'n Dun toon van speelse ongeloof kleur sy woorde en sy kners op haar tande teen die bewing van vrees wat deur haar slinger. Hy het doelbewus teen haar nek asemgehaal, die hitte het haar laat bewe. "Ek kan aan baie dinge dink om aan jou pragtige liggaam te doen."

"Ek wed jy kan." sê sy sag. "Maar hoekom laat jy my nie dien nie?"

"Hoekom? Dit is 'n hoer se werk." Sy stemtoon het binne sekondes van speels na kwaad geword, iets wat haar bang gemaak het. "Moet ek jou soos daardie hoere behandel?"

"Geen." sê Burton vinnig. "Ek is jammer, Jack." Sy sak op haar knieë en laat sak haar ken teen haar bors. "Aanvaar asseblief my verskoning."

"Ek aanvaar jou verskoning." Sy voel sy stewel op haar rug, druk haar vorentoe op haar bors. "Maar as dit weer gebeur, sal ek jou doodmaak. Verstaan jy?"

"Ja, Jack."

"Goed. Ek haat vroue wat dink hulle kan my uitdink. Dit kan nie gedoen word nie."

"Ja, Jack."

"Lek my stewel." Clarice leun af, wetende dat sy voet onder haar gesig is en haar tong uitgesteek en 'n kombinasie van grond en sout van die pad geproe. Die smaak was aaklig, maar sy het probeer om dit nie te wys nie, want sy was seker dat hy kyk. "Goed. Staan nou op."

Sy staan stadig, haar lyf bewe steeds. Selfs toe sy hande om haar lyf kom en haar swaar borste teiken, het sy geweet dat die sagtheid van sy aanraking 'n leuen was. Die aangename streling het verander in 'n litanie van pyn, gepatrick deur haar gille. Sy vingers knyp haar teer borsvleis so hard dat sy geweet het sy gaan amper dadelik kneusplekke hê. Sy het die drang beveg om hom te beveg; sy het geweet dit is wat hy wil hê. Dan sou die marteling erger word. Sy vingers het nuwe teikens gekry en Burton het amper flou geword van die pyn dat haar tepels gedraai is.

Op een slag stop hy en laat sy warm asem oor haar nek vloei. "Jy is nogal taai, speurder." Sy het nie gepraat nie, want sy het so hard probeer om nie te huil nie, maar sy het geweet dat hy in elk geval weet. Hy gryp haar hand en lei haar in 'n lang gang af, en help haar toe met 'n stel trappe af. "Kom ons kyk hoe jy hiervan hou."

Die oomblik toe sy die gladde leerband om haar pols voel, het sy geweet sy is in die moeilikheid. Sy het probeer baklei, maar hy was baie sterker, het haar in die raam gedwing, eers een pols vasgemaak, dan die ander. Sy het hom probeer skop, maar hy het haar been gevang en dit maklik in 'n leerklem vasgedraai en die ander enkel ook in een gepas. Nou was sy heeltemal oorgelewer aan sy genade.

"Jy was so 'n goeie meisie, speurder. Dit is jammer dat jy gestraf moet word."

"Geen!" Burton krul haar arms, probeer om 'n aankoop in die leer te vind en vind niks. Die raam het beweeg en gedraai, haar omgekeer sodat sy vorentoe gehang het en 'n braaf klap agter haar het in haar ergste vrese gevoed.

"Ja!"

Die sweep het die middel van haar rug vasgevang en sy snak na die snypyn wat deur haar lyf jaag. Die wimper het weer en weer geval, elke keer het sy haar laat skree, maar dit het uitgekom as 'n tjank. Tien houe later was sy 'n snikkende massa vleis wat haar hande ruk en steeds probeer loskom.

"Laat my gaan, jou snert!"

"Ag, wat is fout, speurder? Jy wou speel en nou hou jy nie van die reëls nie?" Die raam het weer gekantel, haar 'n paar duim laat sak en sy weet wat volgende is. "Wel, hoekom begin ons nie die partytjie nie?" Sy voel sy vingers na haar droë poes. "Maak gereed, speurder. Ek is op die punt om jou oop te ruk."

Burton voel sy stoot en hoor sy woordelose gil. Sy hande het haar lyf verlaat en hy het uit haar poes getrek en die hok saamgeneem. Steeds geblinddoek kon sy haar net indink wat die toneel sou wees: bloed wat rooi by sy bene afloop soos dit borrel uit twee gate in die kop van sy haan, twee gate wat in sy vlees geboor is deur twee silwer pale wat aan 'n silwer hok vasgemaak is. wat in haar poes gepas het. Die weerhakies aan die basis daarvan sal verseker dat hy geweldig sal bloei as hy dit probeer verwyder.

"Jou teef!" Hy het van iewers agter haar geskree. "Wat de fok het jy aan my gedoen?" Sy het aan haar arms en bene geruk en steeds geen vrylating gevind nie. "Jou teef! Jy ..." Skielike stilte is net deur 'n tjank verbreek en sy hoor hoe die hok op die vloer slaan, vinnig gevolg deur die geluid van sy liggaam wat langsaan neerstorm.

Speurder Clarice Burton het aan die raam gehang, steeds snikkend, nie van vrees nie maar van verligting. Dit was verby. Nou moes sy net wag vir die baken om hulp te bring. Acosta en Stevens sou binnekort inbreek. Sy sal net die kantoorgrappies moet verduur om naak gevind te word. Dit was nou alles verby.

HOOFSTUK XII

"Clarice! Clarice!"

Sy hoor Stevens se stem, maar sy was te gevoelloos om te beweeg. Haar arms voel soos lood en sy was lighoofdig van die bloed wat in haar kop opgedam het. Die leerbande het een vir een weggeval en sy is op haar voete gehelp, net om te vind dat sy nie kon staan nie. Sterk arms het haar gedra na 'n plek waar sy neergelê en met iets bedek is. 'n Paar minute later is die blinddoek verwyder, die suigkoppies wat weggekom het, was gevul met 'n mengsel van haar sweet en trane.

Sy het teen die sterk lig geknip en gereageer soos iemand wat in 'n flitsgloeilamp gestaar het en vir 'n oomblik verblind was. Iemand het 'n koue lap oor haar oë gevee, die afval weggevee en sy het 'n hand opgesteek om dit te vryf, terwyl sy steeds verwoed knip. Nog 'n paar minute en haar sig het genoeg opgeklaar sodat John se gesig in fokus gekom het, sy uitdrukking van onskatbare waarde.

"John, is dit vrees wat ek sien?"

"Gaan dit reg?"

"Ja, dit gaan goed met my. Waar is Acosta?"

Stevens sluk, sy oë beweeg na 'n plek op die vloer. "Hy is daar."

Die woorde het nie ingesink totdat sy die liggaam gesien het nie, toe vertroebel ongeloof haar gedagtes. Haar maat, haar naaste kollega het op die vloer gelê, 'n plas bloed het soos 'n kombers onder hom uitgesprei. Die hok lê sentimeters van sy hand af, sy doringpyle is met gelatienagtige vleis geryg. "Tony?"

Speurder Stevens sit sy hande op Burton se skouers, sy stem laag soos meer beamptes die kamer binnestroom. "Dit was Acosta, Clarence. Hy was Jack."

"Hy kon nie gewees het nie. Hoe ..."

"Ek het vroeër vandag 'n oproep van 'n Dr. Jonathan Herbert gekry. Hy het gesê dat hy Acosta die afgelope tien jaar behandel het en dat Jack een van sy gemanifeste persoonlikhede is."

"Hoekom het hy ons nie voorheen gekontak nie?"

"Hy was blykbaar in Baltimore by 'n konvensie. Hy het eers vanoggend teruggekeer en sy leeswerk ingehaal. Dis toe dat hy ontdek het dat dit Acosta was."

'n Bewing het diep in Burton begin wat sy nie kon keer nie en sy het in trane in Stevens se arms neergestort. Sy het naby aan die dood gekom. Dit was nie wat haar die meeste bang gemaak het nie. Dit was dat Acosta al die tyd so na aan haar was.

"Vat my hier weg, John. Asseblief. Neem my huis toe."

***

Die volgende paar dae was gevul met meer aktiwiteit as wat Burton kon hanteer. Elke media-inlaat wou met die stoere speurder praat wat die 'Jack the Ripper'-moordenaar vasgetrek het, maar sy wou niks daarmee te doen hê nie. Sy het na haar huis teruggetrek, tyd voor die kurkbordmuur van prente deurgebring en onbeheersd gehuil. Sy het hulle amper in die steek gelaat. Sy was so verdiep in haar werk, in haar soektog na hierdie moordenaar dat sy vergeet het om te lewe. Was dit wat Angie vir haar ma sou wou hê, om haar van die beskawing af te sny?

Vier dae na die moord is sy na die kommissaris se kantoor beveel om 'n volledige inligtingsessie te gee en het uit die ervaring gedreineer gevoel. Die polisiehoof het haar aangeraai om 'n paar dae vakansie te neem om haar gedagtes te versamel en sy het ingestem, nog te emosioneel rou van die inligtingsessie om te protesteer. Toe sy by die speurder se kantoor verbykom, het sy stilgehou om na binne te kyk en gesien waarvan sy so graag deel wou wees. Stevens, Andreotti en 'n paar ander ouens was saamgedrom om 'n lessenaar en het saam geskerts en gelag.

Sy kon haarself nie keer nie. Sy stoot die deur oop, stap die oop ruimte in en alle oë is op haar gerig. Burton sluk en sê vir haarself dat sy net haar foon sal nagaan vir boodskappe en net so stilweg vertrek. Almal het haar dopgehou terwyl sy verbystap, effens mank van die genesende sweepwonde, stilweg haar stille krag waarneem. Die eerste klap vries haar in haar spore en sy draai om en sien hoe Stevens vir haar staan en hande klap. Andreotti en die ander het bygekom en binne oomblikke het elke speurder gestaan en speurder Clarice Burton se moed toegejuig.

Sy het haar pad na haar lessenaar gegaan en haar boodskappe nagegaan, terwyl sy verwoed die trane afgevee het terwyl sy inligting neergekrabbel het. Terwyl sy die foon neergesit het, het sy 'n klein pakkie in die hoek opgemerk en dit stadig uitgedraai. Binne was die silwer vaginale hok, sy punte ongeskonde, behalwe dat hulle 'n speelgoedmodel van Jack the Ripper deurboor het. 'n Klein nota wat onderaan aangeheg is, lees: Welkom by die oerwoud. Om een of ander vreemde rede het die woorde trane in haar oë gebring en sy het verstaan wat haar kollegas sê. Sy was altyd een van hulle en sy was spesiaal vir die span op 'n manier wat hulle nie was nie. Hulle manlikheid kon nie toelaat dat hulle hul liefde vir haar erken nie, maar hulle het haar laat weet dat sy geliefd is.

Speurder Burton het haar neus geblaas, haar lessenaar reggetrek en uitgegaan, verlig om te sien dat die speurkamer weer normaal is, mense beantwoord oproepe, vul papierwerk in en praat oor sake. Sy stop by die lessenaar waar die ouens was. "Jy skuld my middagete."

"Wat?" sê Andreotti en kyk na sy mede-speurders.

"Ek ken die dril. Los 'n saak op, die bemanning koop vir jou middagete, reg?"

Stevens lag. "Ja dis reg."

"Goed. Elkeen van julle skuld my middagete."

Burton het uit die kamer gestap, 'n glimlag op haar gesig en 'n vuur in haar hart. Ek gaan lewe, Angie. Ek gaan lewe.

EINDE

65